Der Garten des Tobias

von Stepan Zavrel

Text von Dieter Naumann

Peters-Bilderbuch

Einmal, an einem wunderbar sonnigen Nachmittag, sah man drei Kinder fröhlich aus der Stadt laufen. Das waren Micha, Jens und Tine. Sie waren auf dem Weg in den Wald, denn dort lebte ihr Onkel Tobias. Zwar hatten sie ihn schon oft besucht, aber diesmal freuten sie sich ganz besonders, denn diesmal durften sie sogar bei ihrem Onkel übernachten.

So wollten sie denn auch keine Zeit vertrödeln, sondern auf dem schnellsten Weg zu ihrem Onkel gehen. Aber wie schon so oft, waren sie von der Schönheit des Waldes und der vielen Pflanzen so begeistert, daß sie ihren Vorsatz schnell vergaßen.
Die Sonne schien warm, die Vögel sangen, und überall blühten und dufteten die Blumen.

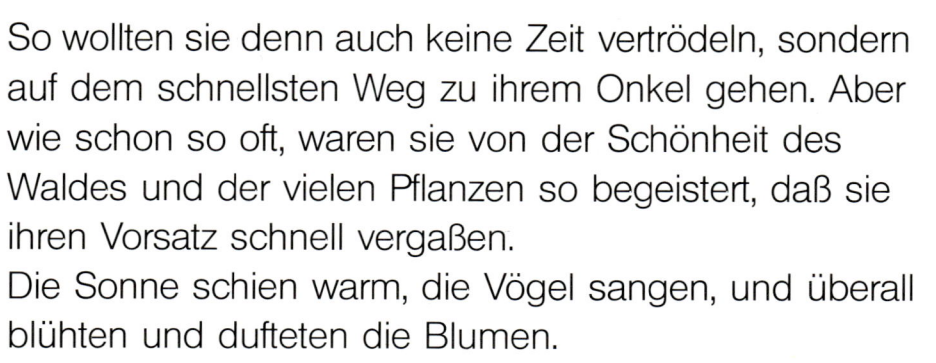

Immer fröhlicher und lustiger wurden die drei. Und immer ausgelassener tobten sie herum. Übermütig knickten sie Äste von den Bäumen und achtlos zertrampelten sie die Pflanzen. Natürlich dachte nun keiner mehr daran, wie weit der Weg noch war bis zum Haus des Onkels. Sie rissen die schönen Blumen ab, warfen sie in die Luft und spielten „Es regnet Blumen". Es war einfach herrlich.

Aber plötzlich wurde der Himmel dunkel, und es fing wirklich an zu regnen. Und wie! Dicke Regentropfen klatschten auf die Erde, auf die Kleider, auf die Köpfe, auf die Nasen, auf alles. Sie hatten keine Jacke, keinen Regenschirm, und die Bäume boten nur wenig Schutz. In ein paar Augenblicken waren sie naß bis auf die Haut. Und gerade die Hälfte des Weges hatten sie geschafft. Da war es vorbei mit dem Übermut und mit der Fröhlichkeit. Sie rannten los, so schnell sie konnten.

Kalt wurde es ihnen und ungemütlich. Der Waldboden war schon ganz aufgeweicht und glitschig. Die Schuhe klebten fest und manchmal fiel einer hin. Und es regnete immer weiter und immer weiter.

Als sie dann endlich beim Haus ihres Onkels ankamen, hatte es zwar aufgehört zu regnen, dafür aber war es schon dunkel geworden. Die Kleider hingen ihnen naß und schwer am Körper. Die Schuhe quietschten. Sie waren hungrig und müde, und sie froren so schrecklich. Was, wenn Onkel Tobias nun schon schläft? Ob er dann wohl böse wird, wenn sie ihn wecken? Und ob er schimpfen wird, weil sie so spät kommen?
Vorsichtig schauten sie durchs Fenster.

Gottlob, der Onkel war noch wach. Er kochte noch irgendwas. Ein wenig ängstlich klopften sie an die Türe. Aber Onkel Tobias war nicht böse, und er schimpfte auch nicht. Er war froh, daß sie endlich da waren, denn er hatte sich schon Sorgen gemacht. Er lachte sogar, als er alle Kleider und die Strümpfe einzeln auswringen mußte.
Aber zum Lachen war es Micha, Jens und Tine nun überhaupt nicht mehr zumute.

Müde und völlig durchgefroren hockten sie in der warmen Stube.
Sie fühlten sich elend. Micha mußte dauernd niesen, Jens hustete,
und Tine nieste und hustete abwechselnd.

Darum steckte Onkel Tobias die drei gleich ins Bett und machte ihnen heißen Tee aus Kräutern, die er selbst gesammelt hatte. Kurz darauf fielen ihnen die Augen zu, und sie schliefen ein.
Onkel Tobias blieb noch lange wach. Er paßte auf seine drei Patienten auf und kochte noch verschiedene Kräuter.

Als Micha, Jens und Tine am Morgen erwachten, ging es ihnen schon wieder besser. Darüber wunderten sie sich, denn sie hatten doch gar keine Medizin eingenommen. „Ihr habt gestern einen guten Tee bekommen", erklärte der Onkel. „Die Natur hat fast gegen jede Krankheit ein Mittel."

Dann erzählten sie, warum sie gestern so spät gekommen waren. Sie hätten unterwegs noch so schön gespielt. Auch daß sie Äste abgebrochen haben, erzählten sie. Und daß sie Blumen ausgerissen haben und Unkraut zertrampelt. Da machte der Onkel ein ernstes Gesicht. „Unkraut", sagte er, „gibt es in der Natur nicht. Jedes Kraut erfüllt einen Zweck. Viele Menschen nennen einige Pflanzen nur Unkraut, weil sie ihnen nicht gefallen oder weil sie nicht wissen, wofür diese gut sind. Die Natur aber weiß sehr genau, wofür sie die Pflanzen wachsen läßt. Ein paar davon habe ich in meinem Garten. Kommt, seht sie euch mal an!"

Aus der Wurzel der **Flockenblume** kann man Salbe machen. Die hilft bei Schwellungen, die durch Verletzungen entstehen. Sie hilft aber auch, wenn mal eine Wunde nicht aufhören will zu bluten.

Dies hier ist wilder **Wein**. Die Trauben kann man essen — sind aber sauer — oder Wein davon machen. Wenn man von den Blättern einen Tee kocht, hat man ein Mittel gegen schlechte Durchblutung.

Auch vom **Johanniskraut** kann man Tee machen. Dazu braucht man die getrockneten Blätter. Den kann man trinken, wenn man mal traurig ist. Ja, wirklich!

Das ist das **Gelbe Ruhrkraut**. Die Blüten und die Blätter trocknet man, dann kann man davon einen Tee kochen. Der hilft gut gegen Husten.

Ein Brei aus den Blättern des **Großen Wegerichs** hilft bei verschiedenen Wunden, Mückenstichen und so weiter. Man kann aber auch Tee daraus machen. Der ist gut gegen Halsschmerzen, wenn man damit gurgelt, und gegen Bauchweh, wenn man ihn trinkt.

Nachdem Onkel Tobias ihnen dies alles gezeigt und erklärt hatte, tat es ihnen sehr leid, was sie da gestern angestellt hatten. Sie nahmen sich vor, von nun an viel mehr auf jede Pflanze zu achten.

Neugierig rannten sie in Onkel Tobias' Garten herum. Überall und ringsherum fanden sie nun Kräuter und Gräser, die sie vorher noch nie beachtet hatten. Ein paar kannten sie jetzt schon. Und die, die sie noch nicht kannten, mußte der Onkel ihnen erklären. Und das tat er sehr gern.
Als sie gingen, nahm jeder einen Bund selbstgesammelter Kräuter mit. Sie versprachen, bald wiederzukommen, denn sie wollten noch viel von Onkel Tobias lernen.

„Wo hört dein Garten denn auf?" wollten sie wissen. „Nirgends", sagte der Onkel. „Überall ist die Natur, also ist auch überall mein Garten — und auch eurer!"

Von Stepan Zavrel ist außerdem
das Peters-Bilderbuch „Peter und Hansi"
erschienen.

© 1988 by Dr. Hans Peters Verlag · Hanau · Salzburg · Bern
für die deutschsprachige Ausgabe
© by Gakken Co., Ltd., für die japanische Ausgabe
Alle Rechte dieser Ausgabe beim Dr. Hans Peters Verlag Hanau
Printed in Japan
ISBN 3-87627-508-3